梦中的村庄

尹怀国 著

哈尔滨出版社

图书在版编目（CIP）数据

梦中的村庄／尹怀国著. —哈尔滨：哈尔滨出版社，2023.2
 ISBN 978-7-5484-7093-9

Ⅰ.①梦… Ⅱ.①尹… Ⅲ.①诗集-中国-当代 Ⅳ.①I227

中国国家版本馆 CIP 数据核字（2023）第 035602 号

书　　名：	**梦中的村庄** MENGZHONG DE CUNZHUANG
作　　者：	尹怀国　著
责任编辑：	李金秋
装帧设计：	书香力扬
出版发行：	哈尔滨出版社（Harbin Publishing House）
社　　址：	哈尔滨市香坊区泰山路 82-9 号　邮编：150090
经　　销：	全国新华书店
印　　刷：	成都兴怡包装装潢有限公司
网　　址：	www.hrbcbs.com
E - mail：	hrbcbs@yeah.net

编辑版权热线：（0451）87900271　87900272
销售热线：（0451）87900202　87900203

开　　本：	880mm×1230mm　1/32　印张：6.75　字数：55 千字
版　　次：	2023 年 2 月第 1 版
印　　次：	2023 年 2 月第 1 次印刷
书　　号：	ISBN 978-7-5484-7093-9
定　　价：	52.00 元

凡购本社图书发现印装错误，请与本社印制部联系调换。服务热线：（0451）87900279

自 述

我是一个农二哥
我的疼痛只有我自己知道
只能用农民的方式展示自己
我的诗行里
全是弯弯曲曲的山路
全是沟中绿绿的鸟叫，蝉鸣，虫闹
和村人胡言乱语的梦话，酒语
不能像他们那样摆在办公桌上
一次又一次的闪光
我只能在山凹凹里学蛙哭
学猫头鹰偷偷地笑
因此，我并不感到惭愧
你走你的阳关道
我过我的独木桥
在山沟沟里弯路虽多
我走着还算踏实

目录 Contents

生命的磨痕　　　　　　　　　　001
我在风浪中怎样定位（游子的心）　007
土　地　　　　　　　　　　　　008
爱　你　　　　　　　　　　　　011
骡马失业我为骡　　　　　　　　012
掩　盖　　　　　　　　　　　　013
美容师　　　　　　　　　　　　014
美容师教徒　　　　　　　　　　015
陪妈妈久坐　　　　　　　　　　016
妈妈急电　　　　　　　　　　　017
回　乡　　　　　　　　　　　　018
世　道　　　　　　　　　　　　020
我又要远行了　　　　　　　　　022
弄一声世界上最大的响动　　　　024
闯祸了　　　　　　　　　　　　025
怪　梦　　　　　　　　　　　　026
好　人　　　　　　　　　　　　028

聋哑人	029
珍惜最后的战果	030
麻雀子嫁女	032
第二次浇水	034
迟来的太阳	036
桃花老人	039
晒太阳	042
我　们	044
得饶人处且饶人	047
农民的山歌	049
找工作	051
皮　影	052
通　电	053
下仁和	054
今　天	055
幺舅死了	056
无能的孤独	058
禅	060
评　比	061
大清晨	062
干坝塘	064
我站在鸟声里	065
摸鱼沟	066
奶奶　孙子　儿子	069
老牛拖破车	071
我	072
谁的眼睛	073

出　息	074
蝉	076
站　高	077
排风藤	078
在去米易的路上	079
花丛中	081
好　景	082
高　楼	083
转　圈	084
上　山	085
追　浪	086
排风藤的功效	087
热　望	089
留言条	090
生　活	092
变	094
绝　望	096
你躲在白云里看清楚什么	098
红心果	100
美女电子琴	102
重　阳	103
含羞草	104
灯芯草	105
灯笼花草	106
猪耳草	107
艾　草	108
狗尾草	109

牛板筋草	110
鹅肠草	111
十草经	113
100岁高龄	115
吃酒	116
晕	118
抓大蝉	119
钢筋工	120
雨	121
秋	122
苦楝树	123
毛毛雨	124
爬鸡公山	125
喂鸡	127
石头	128
螳螂客	129
无能的秋	131
阿署达在蜕变	132
鲍和平	134
花房子着火了一	137
花房子着火了二	139
我看到了什么	140
风筝	141
潍坊行	142
豌豆尖	144
等待	145
橄榄果	146

白菜薹	147
泸州老窖	149
老窖酒的前程	150
应　邀	151
酒　药	152
为李白叫屈	153
狂　妄	154
开锁王	155
他寻找生活里的甜	156
石龙庙村	158
齐福镇头上的蘑菇云	161
寄　托	163
拖拉机	164
幺妹仔	166
绿窑里的结晶	168
绿色的军装	170
浇　水	171
乡村梦	172
习惯了	176
冒　泡	177
大山的苍凉	178
无　知	180
卖　菜	181
平　庸	182
走夜路	184
山　秋	186
爬　山	188

破故纸	189
晚　归	190
万峰之巅	191
浇　水	193
四季豆	195
南瓜藤	198
摘月亮（蛾眉豆）	200
农民的故事	202
锄　头	203
芒果花	204

生命的磨痕

1

多胎才留下一活宝贝
左三层右三层包裹
门窗严封,怕招惹风
使得我从虚脱中走进更虚脱

亲人的魂魄都附在我的躯壳上
一家人的喜气包围着我
谁都以我为荣,谁出门都攥着我
我成为亲戚们的喜星
三至六岁在三娘的惯养声里成长
三娘膝下只站:张玉英
她们一家的恩情、感激写在我的心里
他们都希望我长成门口的大桉树
能燃烧起家族的火烟

六岁的花生米拦截了大肠的通关大道

全都来齐了,高烧像魔影附在身体
脑膜炎不断拳击脑顶
我那口余气还是丢进了荒野
躯壳趴稀稀的在摇篮里摊着
亲人们在摇篮口上摇着……

2

一位南下干部捡回了最后一口余气
磨过佛家的九九八十一难
也能接受四季风雨
在麦草垛,油菜花田,稻草堆添加同根甲的迷友
藏迷的天堂生长了我的天真
天真铺平我的路
像竹笋节节上拔
开始有了梦
《闪闪的红星》就是梦源
油菜根拴布带的长枪
挂在了天真的笑脸上
抗战的电影在儿童的脚步声中拉开了序幕
一声"冲呀"在抢占山头
胜利的花脸蛋笑得灿烂
从无知中慢慢走进发现

3

一个启蒙的1,2,3,4,5……

打开了学校大门

人的样子今天才能在我身上定型

才能挂上名号

梦的脚步离开了原点

带着名字踏破尼姑庵的大门

踏进经声渲染过的校园

穷村的寄生点

爸爸送到门口的手向里挥着

我眼光放在回家的方向，不肯收回

在放荡的时间里，我不明白

就这样走入尼姑庙

就这样皈依佛门？难道是让我超凡脱俗

大大小小的和尚、尼姑呆呆地坐在板凳上接受高僧的洗脑

洗掉顽皮无知，洗掉低俗尘埃

干净的梦，能飞的梦，从这里开始起飞

一天的时间被光亮收进黑匣子

蹦出囚圈的小马在草坪翻滚

在田埂上弹跳，从坡上溜下，从沟底溜上，复原了野的天性

田埂上方家的李子馋了我们的眼睛

守李子的婆婆把影子捆在树上

下手的机会在小孔明的脑子里

他一个俯冲抓一颗李子引开三寸小脚

后来者，一个浪潮洗空李子树上的叶子

小小的笑脸们在对面树林集合

被一颗颗李酸醉倒

成人姻缘的源头,也在村边的小林里流淌
猪八戒背媳妇的电影在童声里重演
我背着李家的小妹妹钻进树林
一网嘻嘻哈哈的童声从天上洒下来
她的小脸蛋像成熟的小苹果
她袖子里藏着一只含羞的蝴蝶
一个野桃子悬在我俩中间
强推着我俩对咬
都咬住对方嘴唇
她"哇"的一声掩着桃红的脸
躲进羞红的树林……

公鸡的童声变成鸭子
时间的碾子碾熟一筐筐童梦

十年寒窗,在山沟沟磨亮了一根绣花针
山沟沟的龙脉开始转动了
大坡梁子几千瘦黑的脸上
开出葵花的笑意
全村的笑声抬起了我
村邻,亲戚,家门,从汗水中挤出钱来
欢送一张录取通知书
请来电影,抬来录像,添加祖先数辈人的喜色

山沟沟终于飞出了一只金凤凰

爸爸的话音比原来响亮
他报出了亲邻们的恩德
让我把这些一定藏进心底
时间在漫长的功德簿上雕刻着他们

4

我没有冷泪
盯着嘉陵江上那朵浮萍
被一个旋涡吃进又吐出,另一个旋涡吃进也吐出……
江风凄凄呼叫
我没有感觉
触景生情的笔墨干……
山腰石缝中那朵山茶花在春风中傻笑,在秋风中挺着腰凋零
没有蜜蜂,没有蝴蝶扭心
很自然,时间的盐水已经泡熟了它

5

今年的冬天特别枯瘦
只有几根肋骨撑起山岗
溪沟露出苍白的脸和裂痕
这正是爸爸站在田埂上的倒影
他那一头六月的霜雪
正告诉我,他把当年的英勇已交给了夕阳
他眼巴巴地望着一个老妇人牵着两个小孙孙……

我现在还是山岗上那棵独松
很平寂,春风不吹它,鸟不站它
愈平爸爸的心疾
难道只靠我一丝假笑
不,我的答案,是等游子的心开满红豆花
肉体的飘浮长出须根
可怜爸爸等不得,他没等到椿芽发绿的那一天
他等到的是孙子砍掉他坟上的杨槐……

尘世的旋涡又让我重合了爸爸的倒影
在游子的路上等待,在文字的空白里躲藏
等待生命的磨痕被风沙盖完
很久以后
沙地上可能还有另一道风景

我在风浪中怎样定位（游子的心）

云载着我
风在自由方向
我不能自作主张
这空间不属于我的
我的脚停不下来
脚也不属于我的
一会儿东
一会儿西
一会儿南
一会儿北
哪儿是我的方向
方向也不属于我的
时空中的什么都不属于我的
我自己也不属于我的
只有那风干的风桶壳属于我的
只有那风桶壳燃烧的光属于我的
我在云中回头看见云上的脚痕属于我的
我在风浪中怎样定位……

土 地

1

我们都是她的儿女
她的心胸比谁都宽广
无法丈量她的包容
她把一切都存放在眼里
默默地贡献自己
她的恩情大于每位伟大的母亲
谁敢说没得过一恩赐
那他的脚立在哪里
谁在让他活着
他喝的西北风吗

2

妈妈捧着一捧土地
让我使劲闻闻
舔一点细嚼

让我嚼出父亲的汗味……
她说洪福齐天，福、幸姊妹逃过一劫
福、幸姊妹治人烟
生下肉团
割成溜，每棵树挂一溜
柏树上姓柏，桃树上姓陶，梨树上姓李……
第二天遍地是人
是土地在生育
我们的根从土地的血脉中伸出来
那些枝叶繁茂的
想把根宰脱，吊在空中，一次性抹去记痕
还有最狠的，掏空土母的心脏
构起异想天开的乐园，抛洒良心外的污染
脱离人性的轨迹

3

过年了
倪老倌用手在田里轻轻刨一碗鲜土
和苹果、刀头供上神龛
燃香炳蜡
又深取净土擦手、擦身、擦头
擦掉寄生的邪念、浊气
在合掌作揖，伏地久拜
招来一份土母的灵气
升起五谷丰登的祥兆
他的儿女从母腹中滚下来

就让他们光脚丫滑地三圈
连通地灵，接上地气
在土地的灵气中沐浴
灾难化为土遁
接受土地的护佑……
土地在他的心中已经凝固成一朵洁白的雪花

4

我睡在春天里
脚伸进春的巢穴
光的力量在突破
眼的虚饰在遁土
慢慢抓着细土在埋自己
把细土高高举起，从头捻到脚
瞪大眼睛想辨认土地的长相
近似我的圆脸
我的汗味
亲切在血液中一股一股地涌动
土地在慢慢靠过来
她已伸长了手要拥抱我
我想回去
回到土母的体内
那才是真正的我
没有现在的虚假，掩饰
让我的骨头化着灵光
重新撑起一片净土

爱 你

在严冬的季节
我愿做发热的太阳
在酷热的季节
我愿做一丝丝凉风
在动荡的时代
我愿是一棵树
在凉爽，温暖，你嫌烦时
我远远地看着
在你有危机需要我时
我愿是一艘渡船
在对岸一呼百应

骡马失业我为骡

生活的步子超越我
我聚集一帮生活的落伍者
放下双手变蹄
与生活拼命赛跑
用汗水在芒果大户口袋里
获取与生活赛跑的门票
为富人养颜保汗
无论我们的汗水怎样砸肿脚背
牙齿咬出血也要爬过去
我们虽然是落伍者信誉总是第一位
我们所到之地
笑脸总是洒满芒果园

掩　盖

美容师口若悬河：
把你 60 岁美容 30 岁
美容师的手在你 60 岁的脸上比画 30 岁的样子
口沫在掩盖年龄的真相
你虚假的笑容
一下子年轻了 30 岁

美容师

在车上
美容师伸长特异功能的嘴巴
向众人使出浑身解数:
她能指石为金
化丑生美
比一比画一画就脱胎换骨

我在她话里插上一句
我凹凸的生活之路能美容吗
美容师头上的气泡一下子被我戳穿
她瞬间吃了哑药

美容师教徒

我教你咋做就咋做
荷包轻轻松松变大

说是主要,做是次要
把他的心整美了
把他的心整瘫了
你就大功告成

陪妈妈久坐

我小心把妈妈扶上床
手轻轻垫起她那受伤的膝盖
我一直陪坐在身边
一直看着她写满岁月的脸

一直陪坐着,像一颗钉子钉住眨眼不见的顽童
一直不眨眼地看着,像她看住我多事多灾的童年

这半月,我一直陪坐着,看着
看着她的眼皮落进梦乡
又轻轻把她的手放进被子
悄悄把她放在我童年里的温暖还给她
让我童年的欢笑
染绿她满似沧桑的白发

妈妈急电

电话告急
83岁的膝盖骨老了,老化了
一辈子独立练习吃斋念佛
在佛堂里飞不动了

一颗无力的流星
落在地板上
火星四射
很想化为许多闪光的蝴蝶

惊回了远方的儿女们
天南海北围成了一个大月饼
这坏消息的夹心饼干
有苦有甜

难得啊
妈妈的苦瓜脸上还是有了微笑
微笑的背后还有一丝丝孤单的虚寒在冒冷汗

回　乡

铺开童年这张旧画布
沿着一条旧街走过去
舌尖上没有一点食乡的味觉
回家路上那一汪汪热泪也不见了
街上拥挤人群的眼睛里
找不到我过去的影子
是曾经相识，又非相识
他们才从我的生命道上走出十几年
他们热情的眼睛被谁偷走了
到处都是生意经碰上他们
一身铜臭

我是谁
是一阵风吗
还是原来的我吗
我是不是从来没来过这儿
他们又是谁
为什么他们的头型我那么熟悉
他们的声音像某些人

只不过有些气粗
我的样子在他们的眼睛里
怎么那样陌生

世 道

这次回家
一溜脚,踢穿尘世背后的窍门
发现生活被困在金和钱的十字轨道上
好多心在生锈
好多脑在卡壳
好多儿媳、女儿
误入世道的泡沫
在阴沟里传染了铜臭
鼻子穿上了铜锈的鼻纤

在纸钱飘飞的活道里
使多少手脚乱了方寸
在故乡游子的眼角上抹上一层油水
就找上了有奶的娘

一脚踩进稀泥
一点一点下降
下降到无法回归故乡的平衡度

一车黄土坡的西瓜倒在城里
遍地滚爬也找不着娘
也不想找娘

我又要远行了

我拉着受伤的妈妈轻轻啰唆着：
妈妈好点了吗
妈妈我又要远行了
我无可奈何哟

妈妈好点了吗
妈妈我又要远行了
我没有其他法子了

妈妈好点了吗
妈妈我又要远行了
我正在搅碎第二个活络的脑壳
我的声音越来越低
三声都没翻过嘴唇的内墙
漏风的偷跑一次又被反弹回来哽死

妈妈像一尊麻木的佛
不断向前数着佛珠
眼睛落在膝盖缝合的伤口上

从妈妈抬头那一瞬间
眼睛的余光里还有一道单独的老伤口
很难愈合

弄一声世界上最大的响动

心比天粗
使劲扭扭腰
喝足一口口大气
引爆自己
本想弄一声世界上最大的声响
在我的诗里炸开一个缺口
让人类所有的眼睛愣住了

不只是高手,或多事的手
用岔子夺破了我的气囊
十个说客,不抵一个夺客

闯祸了

我害怕一针见血的杀人
发怒时
我在诗里砍树
树还未砍断
有人脑壳伸出来接住
这下我又闯祸了

怪　梦

不知咋的
这几天老做恶梦
梦见政法大学的老朋友怪病缠身
白天是人，晚上是鬼头人身
遍访天下名医
查无症因
都无可救药

时间一天天卡白
成了一张纸折的人儿
他万般无奈
只好用旧宫廷吸血的偏方
捡回一条生命
他以吸血补血，养虚
天长时久，血源短缺
只好拿我开刀
我大汗淋漓……

阳光咔的一声扫进来
一切真相大白于天下

好 人

他天生就是聋哑人
什么也不说，什么也不听
勤快是他手脚的本分
轻重在他肩上也不喊一声
什么风言风语在他面前一路噎死
他的行为一看就是待人和善的好人
他怕，怕掉一片落叶砸伤

刨他的祖坟
挖他的心
他还是一劲地点头微笑
换上谁
一定五雷轰顶

聋哑人

做一个聋哑人
做是非中的聋哑人
做一个半真的聋哑人难受
那些戳在眼睛里的刺
撇在耳中的音钉
还是想从喉中挑出来
然而,你真被世道割了舌
尘埃堵了耳
成了又聋又哑的真聋哑人
我觉得这样该多安逸哟
到哪儿都有光亮的掌声

珍惜最后的战果

　　好多人认为富裕了，那收剩的零散的麦吊儿
　　丢在土里的边边角角，站着，俯着，睡着，不再伸手
　　让雨水发酵，再生，让鸟儿争抢叫醒它们
　　如果被饥饿追打过来的一个人
　　一定摸着缩紧的裤腰带
　　嚼着发霉的饥饿
　　瞪大眼睛骂娘
　　也有被饥饿撵出来的人
　　他把肚子上的伤疤吃进肚子里，屙了出去
　　没有存放原有的伤痛
　　跟着九零后的脚步走

　　南坝的小麦地里
　　那些站着、睡着的乱麦吊儿
　　被太阳炸得金黄，金黄
　　我得一吊一吊地抽出来
　　扎成人字，骑在院坝的十字架上
　　暴晒三天，乱棍打出

在空着时间里闲游
麻将，牌桌是他们送走时间的最佳乐园
我也凑热闹
磨着嘴皮，讲着苦经
感化他们
让他们把时间带进麦地里
珍惜那最后的战果
最后
得到一句没有油盐的回复：
天一半，地一半，雷公不打庄稼汉

麻雀子嫁女

麻雀子嫁女是奶奶赠给我们五姊妹的佳句
麻雀子嫁女是传统的化身
奶奶高举起麻糖
姊妹们一窝蜂飞过去，抓闹
像一群争吵的麻雀
快要把这棵老树捶趴了
奶奶板起脸：
好了，人人有份，像麻雀子嫁女，长大了谁要

奶奶的话被春风吹远了
没有在耳膜上擦出一点痕迹
麻雀子嫁女在奶奶嘴里细嚼
奶奶嚼得有滋有味
嚼得一脸欢笑

日子码高了我们的个儿
奶奶这棵老树砸脱了膀
麻雀子嫁女要散架了
奶奶这棵大树根正在腐烂

快要从千年外翘篦儿了

没有树的麻雀
没有了翅膀
已经成了捕鸟人的囊中之物
捕鸟人早就在世俗中织好一张网
麻雀子嫁女的飞沫落在姊妹们的头上
大姐、二姐钻进了那张网
成了过期的牺牲品
今年，有人拉开一张金网，半解放的网
在秋风里等着
奶奶那高举麻糖的手，有气无力地在向外甩着
好像在把一件东西抛出门外
三姐、四姐刚回头
被秋风强扭转头
奶奶这棵腐朽的老树，没有了春天
偶尔有一、二只麻雀站一站
叫几声，又飞远了

我头上麻雀子嫁女的飞沫
被大学的口水清洗了
我撕破了罩在头上的一张张网
我反守为攻
我要织一张又绵又柔又闪光的巨网
一定要罩住飞翔在我春天里的花尾鸟
一定不是笼子里的鸟

第二次浇水

我使劲拖着一根两百米长的塑料管
像攥着一根救命稻草
像纤夫一样用肩拖着
号子助力
正像拖着一艘快要沉底的船
我拿出吃奶的力气
要去救那一千多条性命哟
它们活着,我们才活得闪光
快点啊!用力
快点吧!要过沟了
过了沟就好了,一路下坡顺着滚
管子像一条长蛇追着我
我在加力,太阳也在加砝码
我看见一只大花狗在地上趴着伸长红舌
管子追着我跑步过去
撵得它"汪汪"两声滚下崖去

一千多棵芒果树正在开花中
像一个个孕妇需要营养

花儿蔫蔫的,在揪心
脚下张着大嘴喘着粗气
我这根救命稻草,终于被风刮拢了
时间拧紧了接头
我抽上救命的闸刀
"汪汪"的水叫着
张大的嘴呛得冒烟
水点溅满树叶,与太阳抢光
光点顺着脉络滑坠
芒果穿着一身银珠
眨眼来了精神
我的希望也来了精神

这不是在浇芒果水
我是在浇淋希望的种子
浇淋油、盐、柴米的希望
浇淋学费顺利到校的希望
浇淋土房拔高的希望
浇淋一台新电脑的希望
浇淋一家人欢笑的希望
好多,好多希望要浇淋
没完没了的浇淋
浇淋得钱儿发白
浇淋得眼睛发黑

迟来的太阳

1

我三十出头才把心间的杂物腾空
等一缕长发飘进来
缠紧我的脖子
这一丝闪电
丽江的雪山完全融化
绿覆盖相思翅膀
玫瑰花在你我的嘴间连成长河
我闭上眼睛享受从未有过的快感
站起来
这又是一场空穴来风
一件粗糙的设计

2

干渴多年的嘴唇
期盼一场春雨

那种在月亮脚下的多年的红豆也许会发芽的
我准备了很多假设送给你
只要你嘴角的笑意挂在常青树上
天上的月亮也会拱手放在你的胸口……
哪知冷风吹过来了
砣砣云，堆堆云占了风头
一场冰雹滚满了腾空的心尖
玉龙山上又冰冻三尺
幸好心尖还有一朵白云挤出
流浪南方

3

算命仙娘偷露天机
故乡的土壤阴寒，开不出你右手腕上的另一半玫瑰
上天恩赐的那一抹红云
已在南方降落
等待你的钢鞭子和火炼石挝出火花
乞讨半生在禅缘中才巧遇天机
否则，独松梁子是你的运头

夜风不信那个邪
一直摇着独松梁子招蜂
蜂只巢肋
惹不来一颗花心
望着春裹着小脚一点一点地走来
像罗家院子黄媒婆的步行

千里外的群蜂追着她打粉
这回一定给我招个满桶
空肋上一定注满蜜汁
哪知隔壁的馋毒闹死一湾蜂
独松梁子也死了半截
听不见风的歌声

桃花老人

1

桃花老人藏在洼坞林，藏在陶渊明的桃花源
洼坞林是陶渊明的天下
三面三山筑墙，可以滚进，不可爬出
晋家梁子叉着腰横在面前
拉一块白云盖上
谁也不知下面有两户人家

桃花老人是桃花源的发明人
桃花老人坐在盆底
盆腰吊着一户陶家
在对面的眼睛里
他是粘贴在山腰的一幅古画
老祖宗留给桃花老人唯一一株大桃树
桃树能盖起半边房屋
春鸟叫醒桃花时
他每天和山腰的陶花妹藏进一朵花里

听蜜蜂的悄悄细语
看桃树动情的眼泪

桃花的障眼法
使得少年的梦想,围着盆口旋转
硬拉着他们做牛郎织女的游戏

2

陶老倌硬摘下那支鲜嫩的桃花
插在城口边的牛屎上
翻过山的桃花
水土不合,眨眼落光了花瓣
留下一个冰冷的梦在盆底
被桃花老人的洗脸帕揉皱了

此后
他再也听不见春鸟的啼叫
每天一壶酒喂饱盆底的梦
梦醒来就在两边盆口各栽一排桃树
一直向盆底下载
梦想桃树走拢盆底
被月亮重新拉起一根红线
打造一个更大的新梦,有点美丽的布景
新梦装下旧梦,他的家园,在梦中梦
他钻进双层的梦中,谁也喊不出来
只要春雷在脚边滚动,春草一发

春梦发绿了
桃秧儿也走出了梦圈
站在盆口，盆腰，快拢盆底了
这一春他发狠了，一口气栽拢盆底……
月亮不领情
反给一瓢冷水
他哑了
他木了
幸亏双层美梦还没丢
梦收养了他……

3

五十年后
满满的一盆桃树要把盆口挤破
洼坞林的天空被桃花掌控
再鲜艳的桃花不如梦美
被梦收留的桃花老人化了身
有人发现盆底一副骨架，被落花淹埋
有人发现桃花老人拉着桃花飘在花中
正张口想喊
眨眼丢掉了现实
再后来谁也没有揭开这个谜底……
只有桃花老人的名号在桃树上活着

晒太阳

我一身软绵绵的
像被人提着尾巴抖散了刺的熊蛇
盘在一坨圆形铁矿石上晒太阳
一生都这点出息
正午的太阳正是燃烧的高炉
圆形铁矿石从根部开始熔解
我是一块废铁
今天终于等到了
可能是前八辈子修来的福
终于等到了一个热血沸腾的时刻
终于等到了一个彻底除锈，放光的机会
我要亲眼看见我一点一点熔化，一点一点排渣
淌过九十九道滤光槽
亲手选择有大用的模具
请高师锤炼
一定把低三下四锤落
炼就一副钢的骨架
一定把三心二意锤落
炼就一根直立的正柱

一定把夹层中的坏心眼锤落
炼就一根筋的功德之人
一定把鄙视的眼光锤落
一定把傲气锤落
一定把背后插刀的阴气锤落
一定把不该有的都锤落
哪怕最后只剩下炭渣
一定是有用的炭渣
可以打高速公路的垫层
让人们平稳地走过

我 们

我们追着秋风跑了一辈子
气喘得很
头上已洒满了白雪
坐下来都频频点头,打瞌睡
我说我们到仙人洞去歇一阵子
你说,不行
我们儿子还没结媳妇啊
我们是农民
这是我们的头等大事啊
老头子啊,牙齿咬紧点吧
等儿子结了媳妇
孙子一定牵着我们笑
那时候,你的瞌睡打不成了哟

老婆子啊,你去看看吧
仙人洞好静养啊
洞中的仙人一直拉着笑脸
几个世纪了,与世无争
洞中清凉,娴静哟

咔咔咔的滴水声
一定在放慢你的脚步
你一定在想象那位站着不动的仙人
笑得多么天真，多么安逸哟

现在我们大部分的土地征用了
还有一小块山地留给儿子吧
让他也晓得做农民的样子啊
我们这一身皮都换了十八层
不敢回头看过去的路……

还有我们那些股份
那些多余的钱
那些该摘回的芒果怎样处理
那些危险的电怎样连接
那些争议就算了吧
那些矛盾就烂在我们心里吧
还有哪些人可深交
哪些人好好善待
哪些事可做
坚持到底才可以摘好果子的……
都要给他一路挂个长账单
还要早点结婚
孙子一定考个好大学

人啊
活着你强，我弱

死了不知为谁争吵
转来转去就这么一圈
给大地画一个大大的句号

得饶人处且饶人

今天天色特别明亮
我的心情也对应了天色
放开手在芒果地里耍水
听着手机里的甜蜜的歌儿

一只长角的蚂蚁
抱着一根干山草在芒果窝里翻滚
水管的冲力转的它找不到东南西北
虽然一米大的坑
对于蚂蚁一定是海洋
这时,人慈悲的本性从血液中涌起

这次我拯救了大自然的生灵
大自然一定和我亲近
我坐在地上感受大自然的心跳
正默想世界和谐,从自然做起
一只蚂蚁偷进我的衣服里
从背袭其胸
一路留下红色的高原

我逮住它,原来是欠我救命之恩的浑球
复杂的心电波打乱人与自然的设想
我咬紧牙齿,很想握死它
握死它易如反掌
小时候妈妈总是讲再小也是命
得饶人处且饶人
为了人与自然的和谐
人肚里应该撑起一艘大船

妈妈给了我这个心境
打散了很多过节
放跑了无数敌人

农民的山歌

农民的山歌
是从土地的气孔里唱出来的
农民的山歌
是从山坡上的鸟嘴里唱出的
农民的山歌
是从蝉的箫管里唱出来的
农民的山歌
是从凤凰起飞的羽毛上唱出来的
农民的山歌
是从谷刁刁点头的瞬间唱出来的
农民的山歌
是从麦穗瞪眼睛那一刻唱出来的
农民的山歌
是单纯的,纯天然的
唱出来有一股饭香、菜香味

我是一个农民
从小就在山歌里泡大
骨髓里,脑子里,胸腔里

都是山歌存放的仓库
我爱唱
喜欢唱
我知道我的嗓子沙哑
没跨过高门槛
没有同唐三彩同窑烧炼
但我纯朴，自然而然
不蹩脚蹩爪
有地气生长

如果难听的话请你捂住耳朵
如果憋气的话
请来山里用山泉冲洗耳朵
我这个农二哥，只有几板斧
不会耍花招
不回偷梁换柱
说明我傻
傻是我这个农二哥的习惯加本性
我喜欢用土豆切成诗
用莴笋擦成诗
用萝卜刨成诗
用黄瓜片成诗
用番茄挂红诗……
全都是土里土气的夹泥诗
看起来泥巴混杂
吃起来有他们的乡愁味道
也有我的乡愁味道

找工作

今天我要出卖汗水
简历简单，憨厚
只能低价应征农民的本职
以力气赢回的欢笑
砸在地上还是当当地响
比起那些坐着捡软和着吃
要硬性得多
比起黑夜里捞起的月亮，要明亮得多
气质中的盐碱味
能写一篇农民的新谱

皮　影

烈日当空
一个戴蓝安全帽的人
一手捡砖
一手用砖刀撬灰浆
速度大于体力
汗水在额上不掺假

一个戴白安全帽的人
穿得干干净净，叉着腰，直立着
眼睛被戴蓝安全帽的人牵制
戴蓝安全帽的人弯腰捡砖
他眼睛也弯腰
戴蓝安全帽的人侧身撬砂浆
他的眼睛也起身
戴蓝安全帽的人起身砍砖
他的眼睛也起身
他好像是戴蓝安全帽的人的影子
又像是他手中的皮影

通　电

我站在黑夜的心脏
把头发剃光
尽我微薄的力量
给黑夜安装一只眼睛
我左手握紧火线
右手握紧零线
通电
黑夜又是第二个小白天了……
——明天的道路永远光明

下仁和

儿子第一次出力
担起了我的担子
开始走长路
我要给他准备一双长跑鞋
就像爸爸给我准备一双接班的山草鞋
我穿在脚上走到今天，方向一直清醒
什么鬼都迷不住

现在时代好了
年轻人眼光高眺起来
几十块，一百块的凉鞋太俗
山草鞋太土
一千八百还将就
他走长路，我心疼
我还是祝福他越走越快，越走越亮
健步如飞
——长江后浪推前浪

今 天

今天我该干什么
我是个农民
农民的本分是与土地握手言和
是与庄稼亲近
是与杂草作对
现在土地征收了
我身上好像有毛毛虫在爬
时不时摸着那把老锄头
很想找土地回言和的感觉

幺舅死了

今天太阳一脸卡白
时间停掉了他的饭卡记录
刚刚丢开饭碗两小时,又开始让他远征了
亲情在深水里冰凉
村里人手忙脚乱
在替他收拾一生的烦琐事儿,打包
去远方发展未完成的事业
东方不亮,西方亮
常年唯一和他亲近的大黄狗
前段时间向着清香树哭了三天
又不断在地上刨坑
今天它木呆呆的远远地望着
它感到孤独找上了它
它又发现人类最大的秘密
今天不知什么风吹动了
孝子成群结队哭天嚎地
胜过了在生的几十倍热烈
比台上最悲伤的戏更真实,更悲痛

幺舅还能感受人生的意义吗
黄狗看完这本样板戏
得出了人与动物的评比

无能的孤独

我是一个农民的儿子
文化程度是一个靠边站的中文系
大学的浪潮还是让我回到原点
与我那几十亩土地做伴
也好,当一个种子的父亲

忙碌时就把开心的语言交给土地
空闲时天天用步子丈量大沟小沟,大山小山
长时间发现我的无能
我的土地语言贫穷
我的绿色慢慢泛黄
支撑不了生活的框架

在书摊上
一位地摊诗人的话骂醒了我
这下我找到了诗的种子
在土地里种植诗的粮食
漫漫地染上了"毒瘾"
别人骂我走一步就把本本抱起

只要锄头一放下
我又翻开嚼几句
吃几个字
好像吃了三等饱饭
无论再晚我也要装几句进梦乡

在别人的菜地里
我借来开垦诗行的犁头
来开垦我的荒地
很想种出绿色的诗行
几十年
我虽然打走了一种空洞的孤独
但还是破解不了懵懂诗行的密码
我恳求几位高人
借一个火种
谁也不愿交出体内有温度的后手
我还是陷入无能的孤独
只好整日躲在苦瓜地里
卧薪尝胆
不去看天的变脸变色
等待那一场雨后的太阳

禅

我盘腿坐下来
半眯着眼睛
打开一本诗集
轻声念念长经
面前用来做香的清香树
有神雾缭绕
仿佛有神来赴会
盘坐在清香树的平顶上
闭目,立耳
接受诗经的升华

评 比

一个老实巴交的农民诗歌
没有大起大落的响动
搭桥的人去了别人酒家
牵线的人绕过去了

我接了一树红彤彤的果子
谁也不愿伸手尝一尝酸甜苦辣
只有秋风悬在树上独酌
小鸟乱啄
落在地上的骨骸，蚂蚁欢快地拖走
这时我脸上露出慈善的微笑

大清晨

我从夜色里偷跑出来
一股脑儿向山上奔跑
与水赛跑
我要赶在水管出水前到达山上
的芒果地里
不然水就会乱窜
水是从屋门口的深井里吸上山的,太金贵了

我加大马力
掏空心里的勇气,力气
在天露出麻脸时到达了最高点
口张的要吞下大山
口中多余的力气不断涌出来
山上的新鲜也使劲挤进来凑热闹
快要撑破喉咙了

幸亏芒果树上的麻雀围过来
用清凉的口音喊醒了我
这下我感到世界全是新的

新的透心凉
微风推着亮色慢慢拉开一张麻布
我好像是大地唯一塑造的一个新动物
全身每个细胞都是力气
像是独霸天下的王者

干坝塘

像乌龟一样囤起个背背
甩一坨石头
差一点儿打到月亮的背脊
就像我一样干精精瘦壳壳
磨子就榨不出三斤水来
翻不起一小圈涟漪
望着隔河的浪花
听着远方的潮声
深深埋下一个梦想的种子

我站在鸟声里

暮色慢慢向我靠拢
把我拉过来站在鸟声里
我不会唱歌,喉咙沙哑
鸟儿嘹亮的音符一串串地
刮顺我的喉结
我耳闭,鸟语似一汪洪亮的清泉
洗净耳道的污浊
我的鼻炎分不清世上的香臭
鸟歌似一湾纯净的药剂
扑灭上炎的火苗,疏通香臭的隧道
我眼睛雾,分不清悲与喜的转换点
鸟声尖尖的嘴壳啄透悲与喜的夹缝
轻轻刁开那层雾纱
一切大白于天下
大脑完全清洗过
我成了周围最幸福的人
全都递来羡慕的目光
我爱死她快递过来的红围巾

摸鱼沟

摸鱼沟是我童年的天下
是我童年的仿制品

橡皮船载着好时代的侄孙女的童年
先是旱鸭子下平水
小小的涟漪维护着
涟漪一圈一圈放大
又打了一个小结

这下涟漪包不住了
吹破气泡，弹开成浪花
时间不断在打上序号
用直树条编正
用框框教校，围护

该来的
早晚会来的，是急浪，是悬滩
是必经之路
我站在岸上观望着，还早

离斜弧坡差三万八千
还得等一个斜浪的助力
才会滚完无知坡

是时候了
那个无名的水手借浪一涌
一个笑哈哈，一个惊爪爪
滚下长胆坡
一根绳似的溪水接住
绳牵制橡皮船的方向
左碰右闯，唯一的，没有选择
没有携手

又一条缓和的线水拉过来
下面等她的是一部少年探险记要她读下去——悬滩
悬滩搭起了幻想的旋涡
比童年长高一尺

"妈呀"一声逼走了她身上的奶声奶气
水从汗孔补足大量钙质
这回拦住她的是一条大河
河中波光闪闪，旋涡连连，前面浪潮滚滚
岔道上正式上演童年的假式
——摸鱼沟
她像白鹤捕鱼一样
一趟一趟的在步出童年
双手一抓一合，是一枚虚晃的月亮

再叉手一扑，一条小鱼赢到最后
一个童年的傻笑
往前，马上急转弯被大河圈住了
成了正道上的影子，成了大河里的一尾鱼
再向前几百米就是大海的女儿，大海的……

这时，旁人的烟灰吹进我的眼睛
掉落的泪水湿透我的衣襟

奶奶　孙子　儿子

奶奶五十多，孙子四岁，儿子三十多
在摸鱼沟，橡皮船上装着奶奶、孙子、儿子水战的笑声
奶奶一浆水砍向儿子
儿子捂着脸
孙子笑弯了腰
儿子一浆水泼向奶奶
奶奶忙贴在船底
孙子笑倒了
孙子的笑声挑动了水的大战
奶奶、儿子被水弧包裹了
孙子的笑声在船底翻滚
战着战着，奶奶成了孙子
斗着斗着，儿子成了孙子
孙子成了玩影，成了猴精

这一战影响了周边的国土
整个摸鱼沟掀起娃儿们水的乐天大战
笑声霸占了半边天空

逗得大人眼红

是谁把水珠溅到了我的眼角
胡乱地翻开我的童年记录
翻烂所有纸张
也找不到这一页

老牛拖破车

这是上帝赐给我的天分
谁也无法更改
庆幸我在学步车里一直向前
有庇荫处也不敢乘凉
我一直学着蜗牛、乌龟
从来没想学一回兔子

我

我是一个农民
每天只吃三碗饭的农民
我不读权经
我不问势道
我像蜜蜂一样活着
我像蚂蚁一样行走
我像苦竹儿一样生长
我眼睛里夹着一片酸番茄
我口里含着一坨水蜜桃
风大向风
雨大向雨
最后还是被洪水淹没

谁的眼睛

谁的眼睛有一万伏
一眼就能击穿前面的万重山
明天穿着彩服在等他
我闭住一口气几十年,眼睛瞪得像灯笼
从来没把对面的大山磨脱一点皮
有人歪着嘴,半睡着眼睛瞅着我

朋友别假睡了
谁的眼睛借给我一分钟
我也就有一分钟的快乐
这一生就足够了

出 息

我一下地就是一根灯芯草
风三天两头找麻烦
医院的门口就被爸爸的脚磨起了茧
我的命就成了黄金
爸妈希望我是一副贱骨头
找来狗儿的名字按在我的身上
狗有七条命丢在哪儿就会生长

我背着一个狗名
吃着紫云英，穿着玉米粉衣
伴随着小麦颗粒一路拉扯爬过去
一歪一簸走在鸡肠子的长田埂上
骨头开始有点硬了
爸爸，老辈们把一定有出息的鸡冠
强戴在我头上
要我硬伸过去
我硬着腰杆，头也不敢低
现在我50多岁了腰杆一直有强硬症

太阳也不从西边出来
照在我强硬的腰杆上
把出息逼出强硬的光彩来

蝉

又是往年那个夏季回来了
又是往年那个蝉回来了
还是趴在去年那棵橙子树的结巴上呜咽
我独坐在一座高耸的石峰上翻肠刮肚：
一个小孩用时光的金线把篦囵囵缠在竹竿上
在房拐角绕着蜘蛛网，在用无知绕着他的童年
他猛一抬手，向上一伸
蝉嗖的一声惊鸣
黏住了童年的几番往事
这时
石峰上刮起了大风
毛毛雨也不请自来
小孩被风吹翻到了深深的沟底

站 高

他站在最高处
趾高气扬地向下扬扬手
看不见一群蚂蚁正在拼命向上爬
更没看见沟底大人小孩也卷起包袱
刚刚出门
他们也有一副坚硬的骨架

他站在最高处
趾高气扬地向下扬扬手
他眼睛只看见一团光圈
他没看见一堆堆细小的蚊蚊在扑光
他没看见一代代飞蛾正在碰火

他站在最高处
趾高气扬地向下扬扬手
一颗流星"嗖"的一声砸在头上
当他仰望天空时
已是群星满座
眼光突然直了

排风藤

二月的风在打扫大堂
在为春的寿宴拉宽排场
万物都急急恭贺
只有排风藤姗姗来迟
隔壁的大妈妈落在了烫锅上
她像蚂蚁一样绕大沟急急转圈
她大女儿新生破产,月候风缠身
他要找救命的排风藤

大沟挖掘机的脚步声越来越旺
高楼密密麻麻伸出大脚
踩陷一片片细小的绿
排风藤还在高楼的指缝间挣扎
拔出了半边绿色的生命

在去米易的路上

我活得窝囊
一只井底之蛙第一次蹦出井口

高速路的风攥着我的鼻子逃跑
我的手在颤抖
目标在晃动
同我者,超我者,如惊弓之鸟
同碾一个浪潮的轨迹
把糟糕的尘世扔过来
企图用诗的渣滓淹没我
后来者
还是一股股顺坡的洪水
在推我,挤我,踏我而过
我在无法进退的门槛上握住他们的方向
前面的杂树正蠢蠢欲动
两旁的花树生长各色寄生
我使劲拽住一个方向

太闷热了
需要一口清醒的风
清洗我的五脏六腑

花丛中

在米易我还是爱上了花精
差一点儿走火入魔
进入一个虚幻的傀儡
幸亏灵魂虚晃一招
找回了自我
回到苦难的肉身

一群含苞欲放的女孩们
正接受一排排蜜蜂的调教
调教声千篇一律,每个景点都重复着
缺乏一刹那间的刺眼点

好 景

我站在米易太阳谷的花海里
被花海的好景装饰着
我一下子就亮了
我成了花的魂
花成了花的运
大运学会见风使舵,抓住浪潮向上爬
一手手走红
小运学会投机取巧,一直走在高山
步步走亮
只有流年脱不开老实巴交的乡土本色
一直在阴沟里撑船

拼凑起来我就是一张花脸
无意间春风抬开我的面纱
我的谜底在花海里是大巫见小巫
春风走过那一刹那
我见到上流人群的变脸术在日时更新
还是我反应迟钝
我的好景不长

高　楼

米易太阳谷的高楼太高了
三叔的草帽就忘脱了
房价一夜就爬上了楼顶
本地的人再也不敢望了
三叔望来望去一夜就把幺儿的婚房
望落了
三叔没想到自己迁出的屋成了他们的嫁衣

转　圈

今天我彻底的放下了
是我明白人生以来第一次抖空心间
拉着妻子绕着农岗水库转圈
水库周围的风景在我眼里没有颜色
那奇怪的山山水水在我心里也荡不起涟漪
我们无目的转圈
好像转过了五十年，六十年，一百年
我有一种不祥之兆
今天是否是在人生路上画一个大大的句号

上 山

上山隐藏着正反两门
正门开着轻松的笑脸
反门拖着一路褐色的尾巴

正门放生阳间
正门上挂着清脆的鸟声
山门顶拨响婉转的蝉鸣
山门中正打开含苞欲放的心结
山门底有绿波洗刷你的脚背
山门上可以拉伸极乐世界以外的眼线
正山门可以拉长鲜活的寿线，筛尽阳光里的渣滓

上山我们村里一直走着反门
反门一直苦海
给难受的人画一个椭圆的句号
把一生的忙碌，沉闷，和说不出的酸水打包封号
八个大汉抬着，吼着号子，在燃烧着的
火把里上山哟
这下他爽快了，放松了一切包袱
这也是他平生第一次享受八人大轿的风光

追 浪

一个追浪人
几个追浪群
在海底深一脚浅一脚
彼岸弹回的浪潮
打回原形
一身刺痛
从沟壑里醒来

排风藤的功效

在边远山区排风藤是唯一整治山村的良方
驱邪,排毒
天高皇帝远
在一个办公室里他感染了

一种寄生虫钉住光回归黑暗的尾巴
从黑与白的丝缝间钻进他的心腔
一种墨色的毒酸在一点点腐蚀心壁
一点点腾空心腔
心包一天一天在毒液里泡大
食量也一天一天加倍
外壳埋在虚伪的坟墓里
嘴壳还在白光里教化
一到黑夜
九头鸟的上身在移花接木
黑,生成了他上九头下人身的变种人
九嘴吃九方
世态还在变异
他幸亏骨髓里还有妈妈藏下的正能量

能堵住毒液漏进骨髓的正门

他一会儿打摆子
一会儿小地震
一会儿大地震
一会儿人身脸
一会儿九头鸟
这是正咬住邪
这是邪缠住了正

万幸腐烂的木心里还夹有一根硬木条
尽管大森林里都吹着斜风
头顶还有一根排风藤使劲缠住
尽管大堂屋破烂
堂中的大柱还正顶着
一群排风藤已爬满屋顶
键住了大堂的坍塌

热　望

阿阿村人从娘胎落地从未燃烧起今天的热望
为了熬到一张二指大的选票
都把自己缩小成一个小巴巴
被太阳从早上八点煎到下午六点
汗毛也没煎软一根
它一直挺立着
很想顶开热望中最后一面秘密
秘密后面希望是一枚月亮
秘密后面希望是一只大手
在启动新的独创的航向
阿阿村一定在咣当，咣当，咣当转动了
阿阿村人肯定站在微笑的平台上挥手展望

留言条

我应该留下一张纸条
证明我来过
想想该写点什么
即使是一张白条也行

我应该留下一张纸条
证明我来过
我一手提着苦蒿
一肩挑着黄连
满街叫卖
纸条上我是该写笑或是该写哭

我应该留下一张纸条
证明我来过
纸条应该留给谁
应该留给所谓的伟大
或是应该留给屁股后面痛哭流涕的小孩子

我应该留下一张纸条

证明我来过
纸条下面有可能是春雷
有可能是风暴

生 活

我的生活落在豌豆尖上
冬天的雪撒上一把盐
早上四点钟的霜抹上一层冰
给生活一个小小的教训
下午五点钟的太阳穿过透明的生活
把它捡起来加点颜色
抓一把糖果哄它开心
它又上前了

我一直想唱一首好歌

我把老天赐给我的天赋全都搬出来
台上那个一流的高手是不是我的
我这个农村娃要成翻天五郎
卖弄十八般武艺
在哪儿取经
谁的腹（浮）水能载破舟
谁的狂浪能把我簸上蓝天
不

希望是一次海啸
碎片也能变成音符

可惜
出生在峡谷中
蝉，麻雀，山鸡，野羊，小点的
蛐蛐，蝈蝈……
它们的歌声揪不痛我的心
我沙哑的喉咙进不了天堂
只有等待山风来把我埋没了

变

变,在我身上打开动作
我从光屁股奶娃变成小娃
从小娃变成少年
从少年变成丈夫
从丈夫变成地球修理工
再变成啃吃绿叶的蚕

变,走进了我的眼睛里放出动作
儿子从奶娃变成学生
从学生变成有用的大汉
每天与时间抢长短
从嫩脚变成了粗脚
从光脸变成了波纹脸
又从丈夫变出了孙子
孙子变成了我们
还是踩在我们的脚印里

我再也变不动了
自缚变成了一只茧

再也无法咬破这厚茧皮变出飞蛾
与灯抢光

唉！你们回头看看
悬崖上吊着无数同样的茧
有你，有我，还有他

绝 望

她八十六岁了
搬进了过渡房
身体小成了一团
萎缩而不齐整的嘴唇
喘着长短不均的粗气
好像时态不平衡
深陷干裂的眼睛像两口枯坑
紧盯着呵护她几十年的老屋倒在烟雾里
织成人际关系的蜘蛛网小路
挖挖机一条条扯断
陪着她，牵着她走了几十年乡路的老头子
前天被大儿子拉走，在她眼里蒸化了
以后他每天向外伸出她那只习惯被牵的手
眼望着走出去的路一天天被挖断
她熟悉的，亲近的，一天天被挖空
温暖的故土，温暖的事物，在拍卖声中面目全非

她疯了
她癫了

她哭了
她骂人
向挖挖机扔石头,想保住陈年旧事
伸出的手一天天变僵
她有力量能留住什么

我深深低下头
能看清她影子背后有我的前身
泡在苦水里沙哑地喊
还有他们的前身

你躲在白云里看清楚什么

你躲在白云里看清楚什么
人间的路仍然是弯弯曲曲，宽宽窄窄
山还是你爬过的山
溪水仍然像你童年顽皮的样子
只是太阳露着一张假笑脸
只是你儿子儿媳头上多了一朵白云
只是你妻子头上加了一层白霜
只是你妻子脸上的乌云加厚了一尺

自从你和草铵膦喝上交杯酒
大地只吹了一阵冷风
又回归了原位
你爹顶着白霜一直望着天空变色
望着山那边的绿叶变黄
望着老鹰惊爪爪地叼走小鸡
他呆如木鸡

你爽快，轻轻松松甩开一堆包袱
这应该不是你的性格

你的本性并不是十恶不赦之人
你的路上为何结下如此因果
七天了,你在白云里看明白什么了
你还是永远停留在糊涂的深巷里
只有旁观者在你缘由的胡同里看见一盏灯

红心果

她很想与尘世隔绝
比陶渊明的《桃花源》
走得更远
让深山、峡谷给个深深的障眼法
深草织个大大的盖头
荆棘遍山埋下陷阱

她不想看见这些脏乎乎的手
她不想闻到那倒霉的口臭
她不想听到乌七八糟的声盘
她更不想偷看到美丽房屋背后的
龌龊画面

她像我一样本是一个野生的小果果
她有一种天然的单纯
他有一个不拘一格的野性
他本是深山老林的隐者
谁的手把她摘在市场叫卖

她想逃脱
这是我的意思
哪儿才是最可靠的，你们说

美女电子琴

大海从闪光的皱纹里
轻轻，轻轻，轻轻滑起微笑
是海姑娘情窦初开

海鸥一扬，亮出翅膀
在海面连续画弧
一串串激越的音符
牵动狂浪跳跃
时高时低……

猛然间
海啸爆发
海啸冲过她的手指
直向蓝天
刷落一团团乌云
群星似火柴反复在擦亮天空
火花四溅点燃人间的空白，燃烧
一块荒地
一道静光在春风的手掌，缠
绕地球九百九十六个轮回……

重 阳

呵护里，阳光下，雨天中，绿草间，烂路里，勋章上
笑声中，阴暗角——你
爬过九十八座大山，不咳嗽一声
你没想到只差一天就被一颗石瘤
撂倒在九十九座山脚下

今天是大山脚下的绿草护送你回来的第三年
我们儿孙满堂都站在门口，呆呆地望着你
穿一身素净的白，如轻飘飘的云
从我们中间挤进门……
一根冰冷扎丝扎进胸腔
由轻至重缠紧心包
我们脸卡白，呆如木鸡
"幺叔，你喝酒，幺叔，你吃菜……"
盘中的善果，度化
我们被泪水溶解，淌出一个"孝"字

含羞草

像我和你初见
一握手就低头瑟瑟发抖
主张顺从风声
表达哑语手势

灯芯草

她的心比谁命明亮
妈妈说：做灯芯，它能照亮黑夜
点桐油灯，也能照透地府
阴阳两界收在眼底
我想长成一根灯芯草
随时随地就可以望见脸上长满笑容的爸爸

灯笼花草

灯笼花草最通人性
在夜深人静里悄悄献出飘摇的灯笼
让夜猫子托出来为夜行人破解夜色的迷茫
让勤快的春风挂在千家万户的门上
挂在大好山河的头顶，眉梢

灯笼花草的恩情在我血液里流淌
小时候皮肤瘙痒找上了我
一身划上血痕地图
心如猫抓
妈妈做了一件大好事
灯笼花草煎熬汤汁
搬开牙齿灌下
瘙痒如刀切断
至今我皮肤上欠了灯笼花草一份无痒痛的人情

猪耳草

车前草又名猪耳草
从我们村人嘴角溜出来的
田边地角，潮湿沟脚是它的根据地
它比我的性情温和
它比我在人间有用
它甘寒的胃口真大
它可以吞吃热盛，咳嗽，眼线障碍，支气管路中绊脚石……
车轱辘菜载着村里的张荷氏做了半辈子草药仙娘
她以猪耳草抓山草草为伍在村里横冲直撞———小小偏方治大病
我这山卡卡的赤脚医生在人气上，败在了驴朵菜脚下
输了人生路上一个金饭碗
我的头发立起来，不想服输
只有一声叹息落在了无赖的山路上

艾 草

我五岁来到四月里
伸长劲子望着端午到来
沟边一身正气的艾草已长成气候
沟底的配偶菖蒲在风中舞弄长剑
我心里磨亮的镰刀在与同村的娃儿们抢割艾草,菖蒲里的
棒棒糖

在偏僻集市上
一双双小手在细细撮合艾草,菖蒲成家,成捆
在各家门上倒挂金钩
哗哗哗滚出娃儿们一个个棒棒糖钱
一个个棒棒糖在眼里晃得流口水

今天
我看见艾草
又尝到了童年里的甜头

狗尾草

我最讨厌狗尾草
它霸占了我童年的快乐
它蛮横的身子要把红苕沟,苕箱挤爆
我七岁的任务:翻苕藤,扯狗尾草
玩心大于任务
晚上屁股在篾块上开了花
我从大手的缝隙间溜落
撕开夜色,钻进苞谷杆堆里
在苞谷杆堆里三天三夜与任务抗衡
奶奶的细语校正了前面的路
又是一场雨过天晴
狗尾草的烙印一直在我影子里晃荡
我的路越走越阳光

牛板筋草

狗有七条命
牛板筋草有十二条命
全村上下锄头，镰刀出动
也没斩草除根过
草甘膦专家也摇头
庄稼好像害怕，不断让步，没有退路
干脆矮下身来，甘拜下风
像我在苦难的十面埋伏中
在挣扎里，绝处逢生

鹅肠草

鹅肠草又名鹅肠菜
嫩森森的,如同鹅肠子细软
看样子就想吞口水
过去是我家上等下饭菜
它常盘居在肥沃的菜地里
与菜抢肥效
它有分寸
它不像其他草那样一手遮天
把菜都踩在脚下

时代的潮流真是费解
曾年
我们无钱粮吃鹅肠草
填补饥饿的空白
斜面吹来冷风
嘲笑的冷弹一股一股射进心腔
今朝
有钱人理直气壮吃鹅肠草
嘲笑变高戏法的新台词

玩高档的,天然的,野味
他们又把旺财、贵气,挂在高树上亮相
给我们山村人下了一体面的台阶
又支出了一道生钱的新招
同村小菜贩
耍小聪明,抓住鹅肠草的源头
学着文化人刨出野草菜谱
天天围着田边地埂钻
钻野草菜谱的根源
钻出一条山里的清泉,翠绿的清泉
一直向他腰包流钱,向外流名
流高了他的身价
以前他站在平地和我们说话
现在走上二楼和我们对话

十草经

草是我们农民的朋友、兄弟
草是我们农民的冤家、对头
草是我们农民的恩人
我们一天也撇不开草
假如一天见不着草
就会想到土地出毛病了
天有大麻烦了
我们农民爱草也恨草
草的脚无处不在
我们脚绊着的是草
脚踩着的是草身
锄头铲着的是草根
手拉着的是草尖
鼻子吸着的是草味
草茂盛处藏着山里的秘密
既安逸，也危险

倘若大地没有草

春也抬不高它的价值
清醒也是半崖上的风箱壳
大地就是一个被抢光财宝的富人

100 岁高龄

这是一个伟大的数字
这个数字的根部就是光的芽孢
还有人民体温的孵化
还有一个民族的温度从根部鼓起
在是非的尘雾里你正气诞生了
血与腥的风云接踵刮来
企图折断正气的腰杆
幸好从苦难里聚集一股股向往光的力量
正如太阳被星系扯起无数层光的保护罩
人民的光不怕熄灭
更不怕风云雨雪
他有一根正气的灯芯
有松柏常青的骨架
能延续数百年
100 岁是一万岁牢固的基根
根须扎进地球各个底部

吃 酒

三十年的熬炼
她终于找到一个可靠的臂膀
拉开了乡村婚宴的习俗
松毛地毯招上宾客
占用一片火热的天空
七手八脚，民族自主，主是客，客是主
盘盘、碗碗、瓢瓢、筷筷、乒乒乓乓，天女散花
一团团荷莲坐落在松浪上
四川的竹根亲密蔓连接
品尝嫦娥原创的土香酒

她三十年磨平的路，又被那人半途挖了一坑
我们叫顺口的称呼也被那人剪了缺口
一场传统的欢笑、打闹
一抔土香的高粱白酒
几十桌九大碗的习俗
就把她出卖了

平静的淡水河起波了，起漩涡了，大的，小的
一浪一浪赶往下坡
最后被大雪接收

晕

天空咔咔咔咔撕裂
霎时天翻地覆
天是地，地是天
水倒流，爬山
风回头，是岸

时间在倒流
年龄在倒流
脚越走越小
退回到原创的童年
退进花脸蛋儿群

无痕的大脑打闹，哈哈大笑……
咔嚓一声
一支天麻针拦了回来
一切都真相大白

抓大蝉

蝉有大小之分
叽啊叽啊叽啊叽啊……唱歌是小蝉
嗯啊嗯啊嗯啊嗯啊……唱歌是大蝉
大蝉围堆成团,肉多细嫩
我们抓的就是大蝉
黑夜入森林
电筒朝天,光撒向四周
朝周围树林扬沙子
大蝉滚筋搭斗落进电筒光里
一堆一堆的在地上

清洗后
脚脚权权滚进油锅
嚼在嘴里清脆甘香
仿佛还听到一声声吱吱的歌唱

钢筋工

他把汗水捏成扎丝
把骨头扎成笼子
扛起笼子
笼子撑起半边天空
照着家乡的老屋

笼骨嚓嚓开裂
扎丝咬紧牙关攥着筋
往太阳里拉出一条路来
自己还是笼子的囚犯

雨

昨夜的梦顺着屋檐滑到园林
山间的雨水沿着墙壁的缝隙
浸湿了心间笔记的边沿
生活的账册出现一个个污染的墨团
网络的翅膀，导航模糊
命运的线路有一个小小的折痕
不能怨它，该有一波
雨的脚越伸越长，伸到三个月外
我该如何是好
难道只好晾在衣架等待
拯救我的太阳躲进世外桃源
只好请他出山
日子才会亮堂

秋

他一手遮天
没收了大山绅士的所有财产
留给它几张充饥的黄叶
捣毁了夏在大片田园精心扶持的花圃
当着夏的面把花朵一瓣一瓣撕碎
小草焦虑过度,面黄肌瘦
人间陷入僵局
只有蝉、虫子胆敢指着天的鼻子唱着小调发牢骚

他变本加厉串通冬天
对大地的手段更加刻薄
大地的脸起了不少鸡皮疙瘩
血管慢慢在僵化
谁又来翻开这一篇
用绿芽激活大地

苦楝树

从娘胎落地
就含着苦果
走南闯北
坚定不移
一直仰头向着太阳微笑

毛毛雨

玉帝云游
发现同母异父的大弟（地）
流落异乡
躲在云的背后暗暗流泪

爬鸡公山

一个爬字就让鸡公山笔直站在我面前
我的勇气在这里就打了七折
我还是不放开农活恩赐的机会,难得呀
我在家人的相约中迈开第一步
左一步斑鸠湾
斑鸠湾是攀缘天堂的第一个平台
这个平台四通八达,上天入地闹龙宫
抬眼就能看见三尺松木棒子镶边的的原生态路
像飘带一样,被大风一扬扬地吹上天
幸好我们踩住飘带脚边,不然下海去了

来就来了,顺便把斑鸠的美搬开,将身子溶进去
这下我比谁都幸福了
这是我人生第一次做过最大的享受

我们还是言归正传
揪着爬山的辫子不放
踩着松木棒子镶边的原始生态飘带
被风推着一簸一簸地向鸡公山努力

梦中的村庄
MENGZHONGDECUNZHUANG

时间不留半点情面
一路催逐，不要我留恋半路红尘
人生来世不易，我不能亏待眼睛，不明目
只好做一个跑边的斜眼郎，喂饱眼睛
右脚一虚踩在龙塘沟的龙脊上
龙塘沟是鸡公山使用的第二个障眼法
可能它要我们磨过九九八十一难
让我们在这个千年无水的龙背上醒悟
重修正果

喂 鸡

公鸡扬着哪位少女的红包
站在圈顶的木杆上,伸长颈子:
"快来哟,抢红包了!"
黎明摸着黑色赶来
公鸡摊摊翅膀:手太慢了
我提着一桶苞谷子撑上去
与黎明撞个满怀
苞谷子撒满一地
一群公鸡母鸡跳过来
啄破黎明衣裤的边角
公鸡的意图全部暴露了
村庄昨夜隐藏的第三只尾巴露馅了
一切虚饰的背后———狼毒,野心,善良,分
别搁浅在明亮的河岸上
大山也心知肚明
尘世老成了亮蚕
你周围是什么嘴脸?

石　头

我看到的石头不是石头
是一座座大厦的脚杆，骨架
是一条条公路的脸面
是一座座拱背的大桥，小桥
是一片片土地的保护神
是一方方水的约束条文……
我看见你咬紧牙关接受各项使命
为弱者撑开门面
为强者铺平路基
你固守一片诺言
把精诚所至金石为开注进勇者的心田
你从不明示
只是以内外力量传递给他们
你走到哪里都是一副硬骨头
哪里都离不开你骨气的支撑
在你的功劳簿上没有记下多少阴功
反得一票石头和绊脚石
我吸引了你骨气的精华
走到哪里都遭到天打雷劈

螳螂客

天一亮起床
就看见一只螳螂端坐在桌上的冰点水瓶顶
我的眼光一下子在它身上聚焦
想发现它肚里的玄机
它凑过去，扬起双刀
我倒退三步，额头挤出冷汗
我立刻看到一位武士
一位从弱风里站上来的武士
它在梅花桩上金鸡独立
卖弄双刀：
"是谁在瞎说螳臂挡车
赶快上来搂个底"
你们看见过露珠汇集江河的凶猛吗？

穿透它的身影我看到一双双黑手
在无形地猾变
一张张虚假的脸在拉长
在变小，很快就是一张张小人的嘴脸
慢慢清晰了，螳螂捕蝉黄雀在后的嘴脸

一种老谋深算的嘴脸
打破了一面和谐的镜子

风平浪静的年轮里
仿佛间
螳螂走进了我的身体里
我就是螳螂
正接受黑影的残酷，面对灰色的现实
正在挣扎着从石头的夹缝里挤出来

无能的秋

秋,费尽心机也传染不了我家的芒果园
它神抖抖的
披着一头青发

秋一怒之下,泼来黄肿病的染色体
它一身正气
甩甩青发上的色珠
一色不染

秋像失败的商人低沉着脸
那干裂的嘴唇发出无用的命令:
风不听使唤
水呆呆发愣
鱼傻乎乎的
人懒散散的
山正扔掉铠甲
小蝉,杂虫,一齐上奏
天阴沉着脸
一怒之下
把管辖的权位割给了冬

阿署达在蜕变

打开金沙江两岸的绿色镜头
从一拐一弯的绿色脚印中
向远搜索
阿署达搁浅在八十三年的原形里
土地已挂在各家各户的门牌上
一个贪心让粮食土地不断发酵膨胀
大树小树绿草扼杀在幼儿的摇篮里
红坡红岭堵住了镜头

一片火烧天正在蔓延
草帽下的汗水是一场小雨
脚下的火苗还在燃烧
一团又一团正在寻找绿荫的蚂蚁
一群群羊子追赶着一片片红坡红岭转圈；眼绿绿的呻吟
红尘扬过半边天空
雨水已把阿署达隔离一年多
千年的老泉井也在张嘴喊渴

大坟坝青龙沟；斧头，镰刀，锄头，还在呐喊
青龙喘着粗气低低地呻吟
村领导老夜眼睛再也夹不住这粒沙子了
拿自己的承包地换来了一个残忍的放手

盼星星　盼月亮　盼来雨神的恩赐
一场大雨把土地剔成牛排骨
米汤熬过几年，生机仍走进绝境
东区银江镇政府双管齐下
免费发放芒果树，用根须抓住土地根基的动摇
剪开了缩小吃饭嘴巴和腰包膨胀的绳索
加深了大自然原创的色彩
还给一切活生灵热闹的家园
春风带着他们走进了金沙江的绿波里

鲍和平

他是谁
他三百六十五天都骑着电瓶车
车后立着一面红旗
腰杆挺得笔直
他为什么骑着电瓶车背着红旗,三百六十
五天围着山林转
围着大山看
三十年了,他转到了什么,看到了什么
他把青山,树林,花草,动物,当妻子、儿子
用细心、耐心、热心去保护它们,扶持它们
他熟知机场山脚下每一根山筋的波动规律
他熟知这山上哪一刻该什么鸟开口叫唤
他熟知这山上每一根树枝的朝向
他熟知山上那一处,那一刻会惹火上身
他熟习山林比熟习妻子、儿女深十倍
他与谁照面,不是低头就是抬头盯紧山林
村里人谁遇着,都叫他豆腐渣脑壳
木棒子逗的

其实他怕深交
怕到时候抹不过面子

去年冬天,鲍子借黑夜障眼
在后山砍下一根房梁:
"大伯是我,大伯是我……"
他现在真聋了
一口大气也没出
直接送村办公室发落

他是谁
他像钉子一样钉在机场路口　为什么
他为什么背着一面红旗
大风时,他拽着红旗像拽着自己的命
风把他的头发理顺,又抓乱
他的耳朵、眼睛从来没打乱过

他是谁
村里年轻人都摇头
他是谁……
七十五岁的二瘪子憋不住了:
他是三十多年来阿署达的林管员鲍和平
我的眼泪一下子呛出来
三十多年了
谁知道,他是谁
谁知道他的作为
有人说他是风水先生

相中了这山的龙脉
有人说他是村里的王二傻
换上你，又该在想什么

花房子着火了一

一阵狂风煽动两根电线私打
打得火冒三丈
神仙打架凡人遭殃
花房子脚下的芒果树、林木、黄草地
转眼就要被大火强行收买了
火苗的脚步再下一点
整个花房子就可能完全被包饺子
房屋,生命眼看被推上了浪尖

十万火急
谁能短住它
市,东区,镇,村,消防人员,分别以闪电的步子
果敢断言
以最低的损失搪塞火口
他们要逆天而行
改隔风向,化整为零
借数台厂用大电风扇
把火苗往空地里邀只有浅草地
随火势偏伏,乘机碾边彩钢皮,瓜分成数火

梦中的村庄

分股抢压弱势，一秒闪电，不留喘息，不准回头
火苗霎时就没有翻身之机
一群黑雷公终于与火神决定了胜负

闪电过程中
谁也没哼一声：
此行会碰钉子吗？

花房子着火了二

我很想写写身边的救火英雄
苦苦追寻,没有线头
晚上十二点的夜风从窗缝里敲醒了我
花房子上空的黑烟告诉我
我赶到阿署达故事里
大戏已夭台
谁又把我的线头掐断了
这里的英雄们我谁也不认识
只认识一张张雷神脸,挂出了三天的拼搏
看见一身身火花衣,米筛,豆筛编织
看见一双双火洞鞋,煳里煳气
花房子的村民正送上稀饭,馒头,牛奶……
还有那一颗颗亮晶晶的热泪

我看到了什么

我在密地桥头顶俯瞰
一堆堆透明的旋涡
抱着一群群活跳跳的鱼虾
转圈,欢跳,滚过一滩滩透明
跌落一声声清脆

眼底深处有一只大手在挥舞
无数双手在分解——男的,女的,老的,小的……
从浑浊的原子分解出半透明的分子
打磨出无数透明的粒子,汇成一江碧流
倒映出沿江两岸摇摇飞花的青山

风　筝

把我装进信封
把你贴在封口处
借大自然的潜力
挣断细细的引力
真正完全放飞自己

潍坊行

我的诗句被潍坊的风擦亮
在红高粱的土壤里发芽，开花
向远方伸展枝叶
连接潍坊头顶的红云
红高粱诗奖的王冠，开始升级
吸收十笏诗景的肥沃
在诗章里破格弹奏
一个潍坊诗美的旋律
画出我的影子融进潍坊情河的五线谱

音阶一级一级弹唱杨家埠
数千年年画的神韵，香火召唤门神二将，
财神，带闪电的吉神
雷鸣中从闪电脚下的土壤里破壳而腾升的神兆
在千家门户中照上吉祥
对面门上的神眼一闪
臂膀一震，长出了风筝的翅膀
被美的型线牵引
一翅降落风筝制作基地

接受大师抛光打磨
出众带金边的大场伙
高端的推出自己……

诺贝尔文学奖的影子在上前
名望让莫言旧居裹上一层金箔
我的思维也长出一双深研的眼睛
几格低矮的土房因诺贝尔文学奖的
灌溉长得高大
名字源远流长，为高密人接一个大大的善果
房内土炕越来越暖和
人气点缀成一张张船票，车票
我也接受一张船票的过渡
捡点莫言在诺贝尔文学奖的绝唱捎回故乡
让子孙们摸摸他的路子
我也顺着他这棵大树的脉络向上探索
希望能结出我的善果

潍坊一行
眼睛带上闪光，心中贴在一串串难以想象的目录里

豌豆尖

丑时，我就去和豌豆尖较劲
任冬月的风怎样叫喊
我还是要把豌豆藤的头抈下来
搓搓手让生活增加点暖意
油盐酱醋能在妻子儿女的口中有滋有味
一叶豆绿也清醒了城里人的眼睛
借他们的一点点光
照亮我眼前的黑
借他们荷包中一手温暖
挡住我儿子一层薄薄的寒意
时间还是有些刻薄
无论我的声音怎样啄裂地壳
应该收获的秋风仍然撒手而去
路旁期待的树叶还在冬月里
无怨无悔的召唤
耐心唤醒冬月进入春意
人间尽如人意
那尘世不叫尘世
笑声在豌豆尖上发着嫩森森的绿

等　待

我把积攒了五十年的等待拿出来
晾在候车站台上
让成都至潍坊的风来梳理着
太阳晒干爱发霉的文字
恒心给予了平凡一次亮相的机会
命运的心电图从此显得有些圆滑
拼搏的时针还在修剪它的边角

得失能拉开制高点的距离
能让火车载着我的翅膀
去追赶梦想的云
我总是遇到别人的太阳太亮
蒸化了我的云
掉进生活的海洋化为一团雾
不敢冒泡，不敢冒尖
等待我的红高粱诗赛在潍坊
土壤里还能发芽吗
能咬破硬壳的地表
会在众树上挂起金蝉歌唱吗

橄榄果

我的命运不如橄榄果
它能经受日精月华的关注
皮肤焕发太阳的光彩
命运苦中回甜
我碰破头皮也进不来橄榄果的体内修炼
从没咬住过秋风回甜的尾巴
那是我的命
不带半点枝叶的绿命
我希望长出橄榄果的枝叶
也能得到春天的恩赐
拉着百花和太阳斗光，微笑
兜收一些春的元气
让我也长得青枝绿叶
能接受夏日骄阳的熬炼
为咬住秋风回甜的尾巴打底
那一定在橄榄树上洒落苦水
在那荒远的孤坟里
结成我的一个最大、最回甜的甜橄榄

白菜薹

她一天天在梦想里冒起来
每天晚上美梦过后就向天上伸出一节
她的拔高
是为我的梦想筑基
为我磕响新村的脚步
也为自己早日获得一叶蓝天
使劲攀爬，冒尖

该她出场了
她以水灵灵、嫩森森的绿色原创走上讲台
号召人们切除农药的毒瘤
砍断残余毒素后路
清洗投机思想的毒素
从土壤的基部分解
一分分，一粒粒打回土地的原形
又从根部升级清空
还海陆空一个原生

我的摊位上

梦中的村庄
MENGZHONGDECUNZHUANG

以你单纯的鲜绿
迎合城里人的心意
在城里人的口感里
实现你原野的梦想

泸州老窖

匠师们在神农黄帝的结晶里
翻来覆去洒上曲药
在老君的八卦炉中苦炼七七四十九天
一滴一滴装满观音的净瓶
观音带着净瓶,下凡人间普度众生
将一滴一滴甘露轻轻地,轻轻地
飘洒大地
接住甘露的万物,头顶焕发晶莹红光

老窖酒的前程

一分把我卡在重高中的半途
眼泪出卖了我内心的渴望
二叔凑钱用老窖酒杯碰散了前方挡路的云团
从此太阳缠住我的脚跟
我走到哪儿都亮堂
走进川大亮堂
走出川大也亮堂
退回乡村更亮堂
前也亮堂
后也亮堂
亮堂的骨髓里飘着老窖的酒香

应 邀

春风带信
三月桃花源吐艳
各备老窖，诗坛
邀月共饮
以诗、老窖酒，令皓月长空

三月桃花正在画眉
遇来人含羞微笑
我们以眨眼为号
乘兴密谋醉倒仙月
呕吐几坛醉飘飘的诗香

趁月醉中打包
从诗香里淘洗我们的凡尘

酒　药

隔壁的长吁短叹敲破我的梦门
土墙裂缝隙放映过来的人影
在为月光表演最难看的表情
其实，我明白是二叔又在与类风湿抗争了
独活寄生汤泡制了他大半人生
他的家就像李子树上的一群麻雀
枪未响就散了架

一瓶泸州老窖泡制刁三贵的祖上秘密
能一刀切类风湿的来龙去脉
刁三贵是个十足的钻三狗（他为药草发疯）
家里的灯光，三五天，七八天才能
录到他的影子
太阳、星星陪着我做了七天他家的看门狗
讨得一小口老窖发酵的甘露水

二叔丢开了三十年的拐杖
在香火前说我为他做了一件大好事
至今我的心还滚在酒药神秘的朦胧里

为李白叫屈

来到李白坟前
高举老窖向李白炫耀
我为你叫屈诗仙
这么好的美酒怎么没配上你的好诗
可惜啊,可惜你也有生不逢时的机会

可惜啊,可惜我也有生不逢时的机会
那唐朝诗仙的头彩怎么没落在我的头上
好酒在我血液里怎么也涌不出光亮的诗行
在你的路边　我滑进酒窖
怎么也脱胎换不了你的诗骨
一直在酒香里云里雾里

狂 妄

三杯老白干下肚
千万只蚂蚁在血管的暗河里冲动
霎时，黄河决堤
我不是我了
我不知道我是谁
我谁也不认识
谁的影子也不敢放在我眼睛里
大地是我的睡殿
谁都是我的奴隶
谁都怕我三分

只有大地走过黄昏
远朋慕着酒性而来
我被一瓶老窖俘虏了

开锁王

这把锁与众不同
左一把掏心,右一把拨扣
前推后敲
九百九十九度旋转,细听咔咔声
钥匙用尽
大汗淋漓
无意中在锁空边弹开
原来是一首美丽的朦胧诗

大半天的时间还在喘着粗气

他寻找生活里的甜

人们眼里他是个不务正业的人
整天提着一个篾笼笼
追着一只打水的野蜜蜂跑
撵着一只采花的野蜜蜂追
人们都指着他：疯子追蜂子

他眼睛突然一亮
发现了蜂子老巢，露出了吃蜂糖的笑脸
戴上不是人的面具
悄悄偷袭蜂王巢
扒草，刨土，扣石头，机会来了
喷上盐水，糖水的篾笼笼罩过来
千军万马诱进篾城
赶快收口
脱下上衣包超篾城
几只漏网的蜂子展开反击
这下他真像吃了蜂糖
眼睛胖眯了
嘴，裸上身成了加厚皮

在家里他小心的放虎归山
用洁净木箱束住它们
还它们半个自由用熟练的手一直盘弄它，训它脱去
野性，成为我掌上明珠
带领它们游逛天下春天花园
寻找春日里的甜

当我被甜蜜诱进长坡村
他房前屋后，前门，后门，墙上，地下，
都布满千军万马，三百六十个王巢守护
全都在嗡嗡嗡嗡操练兵器
在他的解围中我才深入阵营
尝到了他日子里的甘甜
现在的岳池人改口称他一代野疯（蜂）王！

石龙庙村

六月的石龙勾头了
一沟金花的色彩还在加深
黄幺妹把镰刀镗得雪亮
李三哥揪出打谷半桶耳朵
唐二婆在笑脸里裹卷一捆档席
捞衣扎裤的长龙舞列阵出村
扎红扎谷穗的猪头以神的姿势牵引长龙舞顺河坝踩响秧歌
接天缘,还天愿,庆丰节

庆丰节的福音缠绕黄秋红农家乐三圈,袅袅而上
黄秋红农家乐粘贴在河坝金浪尖上
被金浪送进众人的眼里
几柱炊烟似蛟龙上天
炊烟把谷香,饭香举得高高地
让清风洒出石垭
灵性的鼻子们似蚂蚁搬家
纷纷向黄秋红农家乐挨拢
黄秋红农家乐大坝中央三个三脚权高举庆丰猪头

前排村女们左手用米筛举起金黄的谷穗，右手舞镰刀
　　踩着收获舞步还天愿
　　后排头扎汗巾的男人们
　　轻盈的扭着打谷的半桶耳朵
　　列出石龙摆尾的阵势
　　刚劲的喉音掀起一年一度的潮流
　　周围的人群似一窝窝大蚂蚁堡
　　老远还有赶热闹的车流正像蚂蚁上树……
　　黄秋红农家乐吸饱了时光之气，周围的农家乐也跟着享受到光照

　　前排村女们轻盈的舞步落进金色田园
　　雪亮的镰刀阶梯式挥割
　　一手头重脚轻的金色笑脸递到
　　男人们刚劲的手上打得半桶哈哈哈欢笑……
　　石龙庙村一年一度的愿望又在
　　半桶里实现了
　　村民们又做过一轮传承的旧梦
　　梦里的人还是看不到一丝惊讶，有些疲沓，步子在脱轨

　　石龙庙村人脑壳里都在打着九百九十九个转转弯
　　眼睛盯着从中央铺下来的轨道飘移不定
　　看着传统的轨迹死板，细长，无光
　　他们想打破这条没有长劲的迷轨
　　他们一只脚踩进深水里

又不敢抬第二只脚……
但是，还是有一个人吃了豹子胆
他第一个从蔬菜大棚里站起来
又从果园里爬上对面的高山
脚下又在拉开农家乐群的联盟轻轨
他第一个走出了石龙店旧梦园
与中央推过来的轻轨接上涵口，前呼后应

石龙庙村找到了起跑线
关在庙里多年的石龙，揭开了身上的魔咒
开始自由腾飞了

齐福镇头上的蘑菇云

那些扎眼的牛粪
那些倒胃口的猪屎、人粪
一层一层睡在麦草、谷草、苞谷杆床铺里
在冯光明的体温里孵熟
搓拌成蘑菇发酵母体

他狠心抛出三亩谷田
土墙,竹篱笆拱起蘑菇发育基地
托外亲引进外界菌母
他像母亲喂养孩子们一样
在他起早摸黑的脚步里
开始模仿了第一部处女作——水淋淋的蘑菇群打破
了常规之道
样子像核原子连环爆炸的蘑菇云
紧接着一排排,一堆堆核原子爆炸
像三亩谷田水"哗哗哗"地流淌出来
三亩谷田的蘑菇云飘来飘去飘出了十八万元
吉山村的眼睛们都怪异地瞪大
齐福政府也聚拢了眼睛、耳朵

冯光明成了聚焦点,成了话柄
齐福政府要点燃他这根导火线
冯光明也不卸载
他要用蘑菇云载着吉山村的人
飘过前面的杆子山

寄 托

那时，在一个包工队的工棚里
替大房的侄儿写爱情信
那时候我是一个光棍
工棚里就我们一窝光棍狂闹，狂笑

有漂亮姑娘路过
光棍队伍中就有惊叫，傻笑
一堆光棍的目光在搜寻我们的乖羊羔

铺开信笺纸
把埋藏在我心里二十多年的爱语
像倒水一样
一盆泼在纸上
眼泪差点儿没包住
她是谁
我在给谁写信
为什么有我的眼泪
难道我的心底又找到了一种寄托

拖拉机

在花城一串串哒哒哒声跑过来
偶然打开一本旧儿歌：
"拖拉机
四个脚
爸爸，妈妈干工作
星期天来接我
接起回去吃苹果
苹果甜当过年
苹果香结姑娘
姑娘妞妞进洞房
拉着哥哥搓麻糖……"
一个小女孩，一个小男孩坐在废水车上
手拉着手，摇摆着小脑袋

他们还在童梦里，请来竹哨的假唢呐
谷草困竹竿的青花桥
高粱秆搭成绿色洞房
柳条编织的绿色盖头
学着大人的害羞，涌着，闹着

推进洞房
他学着亲了她一口
她真的不好意思躲在高粱秆背后……

成长顶破了童梦
成长弄丢了那真的快乐，真的爱
高考把她拦到了太原
他的眼光总是在太原的高空扫描，数数
五十多年来，谁也没来挡回他眼中的光线

幺妹仔

大集体收豌豆
大人们前脚走
我和幺妹仔跟上去
太阳里咧嘴跳出的豌豆
是我们捡拾的对象
白亮亮的豌豆米,使我们正在尽兴
一场天朵雨突然来袭
雨水搜遍我们贫穷的一身
把我们撵进长坡梁子的大山洞里
雨的手痕还在上衣上,滴滴滑落
我蹲在洞口
望着大雨在风中撕打
幺妹仔脱光了上衣在扭水
哗哗的一声,把我的头扭了转来
幼稚的眼睛突然傻了
那小小的尖菊花,使我心里突然一热
她一点不在意
还过来脱我的上衣给她扭水
我有点不敢

她说:"怕哪样
爸爸说了,以后我俩就一家人了"

尘埃来势汹涌,不断碾压新的,冒头的……
时间的错综复杂慢慢扭曲新开的爱河
把我推在干坎上
让余味如麻糖黏在舌尖
那无知的半崖上落下一根无情棒
打断了两颗正在萌芽的,纯真的爱

她在睡下之前
叫我拉着她
要我好好走,走正,走得到东方太阳红了
我会回来的
一声也不准哭
要像娃儿一样笑
要我抱着她拍一张永久的热恋照

我录下她的遗言
送进冰藏室
我的那颗心也装好
送进冰藏室
我一直站在冰河坎上
等待东方的太阳红

绿窑里的结晶

在边关这座军营的绿窑里
绿火烧煅了他八年
八煅七磨,从一个粗糙的铁疙瘩
终于研磨成一根定海神针
在砂磨中铁屑飞花,万道金光
连接住几个细小的军功
荣誉的金辉又给他的身板刷了一层金的硬度

他接受绿火的煅造,大功告成
该出窑了
他眼中发光的水珠泄露了内心的两种情秘
他绿色背包一甩,又把水珠压回眼眶
等待时机把这八年吸引的光和热
借火山喷发的缺口,喷射出来
他在故土里仍然以军人的信念踏响地壳
眼睛还释放出军人期待的光芒
时间的七彩线条终于给他编织了
一条英雄的去路

汶川地下伸出了一只只求救的手
他以军人闪电的速度溶进前赴汶川的部队
又向灾区敞开勒紧半生的腰包
二百六十万元就是他二千六百多万滴心血
一滴滴心血滴进每个灾民的心脏
给他们充足生存的勇气和希望
他以军人坚硬的骨头一直在灾区黑暗处碰出火花
军人坚硬的骨头树起了他徒手变挖掘机的刚性
四个小时的苦战把一个十二岁的小女孩
从奈河桥边攥回来
军人的意志和信念已经浸透骨髓
黏着他走完每一步
心电图透视他的心腔装满军规，挤满
灾民的影子
他青筋暴露在为每个呼救者急
他每天以一个碗汤，两个馒头支撑一副钢架
他眼中急切的目标是救人
余震不断翻案
一点也松动不了他深扎在汶川的根部
他要用根渗透到汶川的每个角落
用自己的医术和热心的手拽紧每一条生命线
脚印走完最后一个危险的沟壑

品质的硬性印证了他的军旅生涯
倔强的步子在"5·12"汶川地震走成优秀荣誉
就此史业宽的名字在汶川每个灾民的心里
响亮

绿色的军装

部队回来他一天也没脱下过
军装是他做人的标志
军装是他走路的地标线
军装是他方向的矫正点

他就是阿署达村支部书记：夜富强
他任村支部书记二十年
一直用军人方正的烙印框住自己的影子
一直用军人的标志树立阿署达人的腰杆
阿署达人凌乱的脚步
阿署达人没有方寸的举动
在他军号声的矫正里，步调一致
从贫困的地平线爬上六十度的富坡

今天他的脚步还没停顿过
军装还在擦亮他的行程
模范村的勋章是他的目标

浇 水

水管放进芒果窝窝里
我看见乐师鼓着腮在吹箫
吹出低沉的水声,又像是大地在哼哼小调

我把管子提高一点
音符突然变粗
惹出了蛐蛐伴舞

再提高一点
音符拉长,在沟里婉转
招来麻雀子嫁女

再提高一点,画过太阳圈
发亮的音符绕着四周的山缘旋转
整个山谷也在慢慢转动
发出五颜六色的声音
这时大地在吹响春笛

乡村梦

今年阿来村走成了红运
有一笔活跃款子也想过年
给封闭的心灵一个小小的心愿
把扶贫的路也再拉宽点
每贫困户多一百元

提前三天
我挨家挨户收集心愿：
夜老幺你喜欢哪样肉、菜
大胆说，村里专车户户送
雷有有，你说：
"两条鲤鱼跳龙门，蔬菜看着办"
李发发："溜出来"
李发发要打开儿子大学的大门
把心愿压缩成一块肥肉
村里面从扶贫的祠堂里
又给他舔一口酒香

这下我要搬根棍子了

蔡家院子的狗多而凶
狗的叫声把我护送到吴三贵面前
吴三贵使劲摆手：
"我不要，拿去帮衬那几个困难户吧"……

这一上午我耳朵填满了叩门声
收获了一皮包微笑
付出了一箩筐话语和微笑
现在又追着太阳上鸡公云
脚步还没拢凹凹林
就有几只大黄狗前来迎接
幸亏宋寒衣半路救急
我那口悬掉胸间的气才能平放在桌面上
没拉几步又被汤烂栅拦阻
说她今年团年人多，得多给点
实在困难也不能多走出100元的栅栏，就一百元吧
她还是像海水一样涌着就不退潮
"我那份，你送她吧"
宋寒衣又二次救赵

太阳的轴心转软了，有点偏西了
我的手要尽量麻利点，步子要尽量生点风
不然又要找星星、月亮壮胆了
绕绕，爬爬，跑跑……
过沟还有最后一户，就大功告成
在杨治国门前叩响最后一声善钟
杨治国紧闭大门梦语似的传出：

梦中的村庄

"别吵醒我的美梦,一小时后来"

我找一张旧白纸铺在平地上
盘腿合掌坐下,闭目
像地线一样接受地气
等待阳光给予一个通电的感觉
感觉这一天的马鞍子终于垮下来了
感觉时间在通往冰山的路上
感觉太阳已经逃避了
不行,我得把那个无赖拽出来
杨治国伸个懒腰正走进我的想法里
他说他在梦里成了抗疫英雄
"我那份拿来支援疫情吧"
我好像掉进梦阱里了
他在重复着
红霞一下子刷到我的脸上
连耳根子都刷透了
没想到一个无赖从旧轨急转上新轨

在回家的夜路上
我打开大脑今天的记录
揉搓拢来综合发现阿来村的人变了
从哪根筋开始转变的?
从阿来村开始有了六车道?
从阿来村开始有了新村别墅?
从阿来村开始有了国际欢乐谷?
从阿来村开始有了故事里大酒店?

还有花舞人间（景点），还有大大小小的藏在记忆
之外的
　　我摸不清这纵横交错的新路子的起点热变
　　这一路我翻肠倒肚的评比
　　我只好藏在羞愧里了

习惯了

我是一个农民
习惯了日晒雨淋
习惯了大风给我一身尘土
习惯了太阳给我一身汗臭
习惯了再重也要扛着走
习惯了再臭也要拿起来

习惯了别人斜着眼睛看
习惯了别人捂着鼻子走过
习惯了别人轻轻嚼着舌根
习惯了别人说:"他是农村来的。"
习惯了别人喊我土包子

在我的生活里,习惯了会开花
在我的土里,习惯了会结果
你走你的阳关道,我走我的独木桥

冒 泡

抽水管在水里却"咕噜咕噜……"呼喊
我掉在生活的海水里,却一声也喊不出来
也不见一个人救援

梦中的村庄
MENGZHONGDECUNZHUANG

大山的苍凉

老汉在旷野的土路上
把一身的辛酸都迁进了轮椅里
草帽遮住他一身的弯曲
一切都静止了

懵懵懂懂闯进来
我眼睛里的方圆五里无人
太阳停电了
风还在生闷气
小鸟和秋蝉都退居二线
我来到这儿一身冰凉
有一丝鲜色、一口活气都被老汉吃进肚子里了
大山们提着破烂的黄围裙不好意思穿上

只有一棵老枯树瘸着脚
一抖一颤地向我走来
照这样走下去一定走进我的身体里

枯树走进了我的身体里

老汉站起来了
脱离了轮椅像我先前一样走路
这个人我认识,是我前世借他钱
没还的人

我成了一棵枯树
一直钉在原地发黄

无 知

爷孙逛磨坊
毛驴三百六十五天弓起背拉磨
小孙儿问驴："你吃过磨盘里的白面吗"？
驴舔舔嘴上的寸筒
弓着背继续转圈
使劲拉磨
肋骨一根一根顶高皮毛
它气喘吁吁："嗡昂，嗡昂，嗡昂……"
小孙儿问驴："能歇一会儿吧？"
驴望望旁边的干谷草
错错牙齿
小孙儿无知
一直望着我的眼睛被水淹没
我也是驴，驴也是我了

卖 菜

你空手来
他也空手来

你驼着腰去
他剪着手回

我是一根木桩立在中央
你挤过来
他挤过去
谁也没看见这世上还有一个活
生灵在求生
和众人一样
迟早有一天
会赤身裸体退回故乡
同游极乐世界

平　庸

他是个好学生
为什么要跳楼
它是那么美丽穿金又戴银
他为什么要自杀
他那么聪明
为什么一直在路上彷徨
它拥有五千万
为什么还在钻头机的缝隙

他天天像驴子一样拉磨，磨出一分用一分
他为什么不自杀
他一肚子坏水，人的眼睛都斜着他
他为什么不跳楼
他游手好闲，肚里空空
他为什么不自杀

现在该说我了
我是个平庸者

我也想自杀
我想等待草原上一次大火把我烧成灰
等待春风吹向另一个大好山河

走夜路

天黑如锅底
我背一背搬迁时仅有的白菜
我原地站定多久
想确定新居方向
前面有一个亮火
一定是这方
追上去
什么也没有
手蒙着头向前窜
后面又有人喊我
气喘吁吁地跑回来
谁也不在
一阵狂风,树叶儿怪响
我骨头散了架
手指漏开一条缝
能否有一颗星星在指向?
左边有一只公鸡在打鸣
走左边
左边是岩

右边有小孩在哭
该走右边
右边是坎……
妻子给我一巴掌
"呜呜呜呜"地闹什么
原来我掉进梦的陷阱里了

山　秋

太阳刚刚上任
就退居二线
山一脸铁青色
几张红叶轻轻地，轻轻地悠悠落进沟
半山搬着树枝的小姑娘，眼睛低…低…低…低到沟底
一只翠鸟从山峰的涟漪里崩出来
把沟坝上一片红红的柿花点了一只眼睛
精明地转动活眼睛
偷看渐渐降色的山林
和拱背，背着山林的我
拄着与草为敌的板锄
样子像秋风里的愚公
几只老鹰盘旋着伏击
几团麻雀一窝蜂似的哄抬物价
把一个降色肓山林惊走了魂灵
一切都散了骨架，放宽了尺寸
山秋转眼走进我的身体里

我的骨架摇得嘎吱，嘎吱，嘎吱，嘎吱……
把多数的负荷都挤空了
还了一个原创的我

爬　山

我背着一背芒果肥向山上爬
坡上那些树,一律向我拱起背
承接我生命中那些虚无的命运

芒果的命运决定我的背
我背负的命运在芒果枝叶上发绿
芒果枝叶纠结的硕果
在一路修补我命运路上的残缺
给尘世脚下一个小家加深了家的颜色

我越往上爬越虚无
越感到大山虚得深不可测
我越向上越找不着自己
有些人爬上大山,丢掉了真身
在躯壳外行走
我不想被化石化了
我得赶快下山
回到尘世脚下的小家
找回走丢的元神

破故纸

破故纸为我打不平
手握大刀指向蓝天
怀揣千张诉状
在为我脚下弯曲而陡峭的山路叫屈
我出生平平，在大山的怀里更渺小
无力在平凡的绿波中发起诗的张力
无法在命运里崩出一圈一圈的更大的涟漪
我奉劝故纸放下屠刀立地成佛
听妈一句：修得美好的来世

的确，我在风尘里来来回回的奔跑
身上溅满疲惫的尘土
还没粘贴一个好字
也怪我没有破故纸那笔直的坚定
根须不动摇的信念
假如我是破故纸
那信念一定把尘世站穿

晚 归

太阳还没亮出最后一张红牌
蝉就提前收起幕布
跳下演唱台
又把乌色的麻布扔在我脚下

斑鸠远道而来拍打我心间的树林
拍飞缚茧表层的山岚
麻雀叽叽喳喳钻破几层山岚
啄通心间那颗多年的黑色缚茧
泄露了困住我五十年的愚气

我在啄通的洞穴处
看到烛火一闪一闪的村庄
终于在恍然大悟里搜出一条最后的晚归

万峰之巅

我骑着山梁赶往万峰之巅
万峰之巅举起诱人的彩虹
我借来月亮的天梯
从银河偷渡而至
万峰之巅,群星满座
被气流擦亮
与月亮同盟
拨开云层
正撕碎背后的黑夜
点燃脚下的枯草
照亮山村的老路、幼树

我悄悄偷一颗最亮的
藏进心里
心灵的黑匣子被撬开
那股黑雾在气流中烟消云散
我的身体轻了,心灵升级了
我也踩着星星的脚印
在飘移的世界里

我背着流星的碎片
去发我的脚下

万峰之巅,气流越来越强
我头重脚轻
偷来的流星差点儿打倒
好在我长期闭住一口气
勉强维持平衡
困吞的流星虽然撕碎黑雾
鲠在心灵难以消化
只好借老君的八卦炉
磨出五味真火
打起盘脚,合掌
静坐在黑夜
让融化的流星直脑门
从眼睛里喷出来
落在云层深处
在星河的模子里
凝固成一颗半透明的星星

浇　水

冬天
太阳一马当先抢占攀枝花的天空
战伤的云儿外逃避难
一位叫冬雨的大娘
为失去了家园，心痛云儿
哭干了眼泪

神仙打架
凡人遭殃
脚下的花草正低头迎接战火的考验
身怀六甲的芒果树
却经不起这一风浪
人的脚步声在为它赞助
借来深井的口水
给它泡脚
为它铺一个舒服的床垫
迎新生的欢笑爬上眉梢

甜美的欢笑

备战的汗水泡透
大地的脚磨破了老茧
还在唱一支勇敢的战歌
永恒的战斗是农家头顶的星斗
他一直相信
秋姑娘抱着金娃儿
在彩虹里等他

四季豆

转眼又来到农历九月
还有两个多月就要过年了
我还没挣到火炮钱哟
钱这东西太怪了
无论我流多少汗水
钱不随着汗水流进我的腰包
我们农村搞钱不容易啊
十滴汗水,一分钱
有时还白流多少
为了凑一本诗集钱
我流了大半辈子的汗水
还差得远哟

我们眼下唯一能与钱有缘的
种早四季豆
这是钻春的空子,价钱爬上高峰
有的行家一季能搞几万

种早四季豆特别辣手

梦中的村庄

我从来不认识它,也无心结识它
还得现学现唱
在空旷的稻田里
我跟着牛屁股走一字
一字来一字去
一字走过
田野更新一行
来来往往
我好像要把整个地球更新了

开始下种了
我要把搞钱的法子种进土里
把平田掏成箱
箱上打牛脚窝
豆种踩着磷肥的肩膀下土
塑料薄膜蒙上盖头
这下我们只有一个盼头了"等"
把心放得高高的等
等待豆芽戴着绿帽子从土里钻出来
我还是熬不住了
隔两天又去瞧瞧
拍下薄膜上的露水
眼巴巴地望着

熬过十五
豆芽开始掀动盖头
我第一次种四季豆

水灵灵的豆芽举着薄膜
我半天不敢下手
妻子瞪了我一眼
蹲下把薄膜抠洞
理出豆芽，细泥挨四周

只怕不生，不怕不长
水肥向上催
豆藤立即翻过栅子
献出花星

公路上收早豆子的贩子拉长嗓子
一声比一声更长的吆喝
他们好像是在催豆子：快长，快快长
的确四季豆好像在听他们的话
不久就排着队走进城里的大市场

照这样的步伐
我的诗集有望了
好日子也挂在了风筝翅膀上

南瓜藤

南瓜藤爬满大江南北
旺盛之极
样子有点像我们的大家庭
南瓜藤就像我老祖祖
它在旺盛之期，猛发叉藤：
大公，二公，三公，四公，五公，六公
大姑婆，小姑婆……不数了后面还在发叉哟
叉藤发叉藤，叉藤又发叉藤
大公叉藤发出大爸，二爸，三爸
二公叉藤只发了两个叉，四爸，五爸

三公叉藤不幸运，开出三朵金花成了气死南瓜
我公也不走运，赶上计划生育
只有我爸一个站在地面上
其余的都走上背道
还是有几朵花儿在发叉

提着总的藤蔓抖抖
还是结了不少南瓜

总算是儿孙满堂
幸运的是他们个个都官运昌盛……
冬去春来
南瓜藤的绿慢慢退黄
它的兴旺退到墙角
大家庭也走了龙脉
一切都像洪水清洗过山坡
肤浅的南瓜藤翻下沟去
我和弟弟被厄运抛在筐外
幸亏还能磕磕碰碰地站在世面上

摘月亮（蛾眉豆）

两岁时
只要我一哭，妈妈和大娘
指着天上的月亮逗我
别哭了，等一会儿我们摘月亮给你耍
后来
只要月亮爬上天空，揪着妈妈要耍月亮
当月亮挂上树尖，妈妈的影子被黑暗藏起来
大娘拉着我说：快快长，长到天高，就可耍月亮
我背着耍月亮的念头一直上长

八岁那年
妈妈在杏子树下种了一窝莪眉豆
莪眉豆不客气抱着杏子树向上爬
一口气爬上树尖
结了很多半边月亮
妈妈笑了笑说：你像鸡毛一样轻，上树尖摘莪眉豆
我蒙住双耳
"摘下的莪眉豆，晚上会变成月亮"
妈妈话音还没落地

我就上了树尖
连抓带扯摘了一筐

晚上，我盯紧，茇眉豆
茇眉豆待在原地不动，也不发光
我揪着妈妈不放
"现在不是发光的时候
你记住：初一黑，初二白，初三、初四茇眉月"
妈妈神秘的眼睛望着月亮
这个善良的谎言一直推着我长大
我又传承我的儿子
每到夜晚我都看见妈妈在月亮上

农民的故事

农民的故事在太阳坝里晒着
在雨水泡着
在风里晾干
被土地收藏

让春来镌刻
让夏来锤炼
让秋来出版
让冬风一叶一叶翻读

锄　头

它只和土地做朋友
把最坚硬的骨头一点一点献给土地
一点一点磨亮自己
舒松庄稼的脚步
照亮了农民的秋天

芒果花

初花时
那些能工巧匠真舍得
把一粒粒米心的青翠玉
镶嵌在我的芒果树尖
迎接寒霜的打磨
春风的校对

在大花里
巧匠们又夹在太阳炉中熔化
用太阳的模子煅出
一堆堆米太阳
在芒果树尖,正迎接群蜂精心的点化
接受苍蝇基因的移植
在八月太阳的酷刑里
它终于交出了藏在内心的甜
芒果果汁的甜